Made in the USA
Las Vegas, NV
17 December 2024

14477230R00069